历史之谜

少年科学推理小说

北京科学技术出版社
100层童书馆

少年科学推理小说
历史之谜

拿破仑之死

〔法〕苏菲·拉穆罗 著
〔法〕安娜－丽兹·纳林 绘
董莹 译

北京科学技术出版社
100层童书馆

第一章

"龙虾"认输

我最先听到的，是哒哒的马蹄声。睡梦中，我模模糊糊地感觉到似乎有一支军队骑马闯进了我家的院子。我侧耳谛听，有人正大呼小叫，全然不顾清晨的静谧。我跳下床，匆忙穿上衣服，来到走廊，循声而去。喧闹声从父亲楼下的办公室传来。房门开着，我走了进去。我感觉自己就像一个乘人不备溜进屋里偷听大人谈话的小男孩。但是，这一次，我并没有躲在扶手椅背后，因为我已经不再是个孩子了。尽管……似乎并没有人注意到我的出现。我先前所想象的一支军队不过只有四个人罢了。从他们一丝不苟的着装判断，应该都是有头有脸的大人物，其中三位穿着便装，一看就是部长或议员之类的政府高官。剩下那位身穿军装，从他佩戴的军衔来看，应该和父亲一样，也是一位将军。所有人都目不转睛地望着父亲。并非因为他还穿着睡衣！显而易见，他们正在等待答复。但从父亲失神的模样判断，他们恐怕还要再多等一阵子了。稍微了解他的人便会知道，他的魂已经游弋到远方去了。我那可怜的母亲在世时，每每被他这莫名的分神弄得抓狂。她时常对我说："别白费力气了，阿尔蒂尔，看啊，你父亲正跟拿破仑的鬼魂谈话呢。"

四个人里最胖的那一位终于失去了耐心。

"呃，那个，贝特朗将军？说准了吗？我们指望得上您吗？"

父亲惊讶地望着他们，那样子就好像他以为客人们早已经走了呢。

"是的，是的，当然啦，先生们。"他草草地回答。

闻言，四位来访者心满意足地告辞离去。

父亲跌坐在安乐椅里，唇边露出一抹神秘的微笑。我等着他重新回过神来，和我分享刚刚的消息。不过，眼看他走神的时间恐怕要远远超出我所能忍耐的限度，我只得打破沉默，唤了一声：

"父亲……"

他抬起眼，看着我，笑了。

"阿尔蒂尔……"

"他们想干什么，刚才那几个人？"

"'龙虾'同意了！"他简短地回答。

我足足花了好几秒钟来消化这个天大的消息。"龙虾"是父亲对英军的称呼，因为他们的军服是红色的，好像煮熟的龙虾的颜色。十九年来，我的父亲每天都在企盼这件事；十九年来，他四处奔走；十九年来，他言必及此，到最后除了他还有所期待，没人再相信了。这就有点儿像有人告诉你说要实现月球漫步，你明知不可能，可是，突然有一天，却听说真的成功了。我实在难以相信，迫不及待地让父亲告诉我到底是怎么回事。

"'龙虾'同意了？"我惊讶地瞪着眼睛，一字一句地重复道。

"'龙虾'同意了！"

"英国人同意让拿破仑的遗体返回法国了？"我继续追问，想要试试看换一种表述方式，是否还能得到同样的回答。

"是的，苦等了这么多年，我们的皇帝终于要回家了。"

"为什么？他们为什么改变主意了？为什么是现在呢？"

"政客们无论做什么，总有他们的目的！他们想要从中得到好处，这是毫无疑问的。"

"好吧，那是什么好处？"我追问道，迫切想要弄明白这突如其来的一百八十度大转弯究竟原因何在。

"拿破仑在法国人心中是荣耀的象征。我们的国王，路易－菲利普，难孚众望，或许他想从拿破仑身上沾点儿光吧。至于英国人，我估计维多利亚女王是希望世人淡忘他们曾经对待皇帝的可鄙态度吧。"

哈，这群土鳖，手脚可真麻利啊。拿破仑前脚在滑铁卢落败，他们后脚便像发射炮弹似的，把他发配到天涯海角去了，没有经过任何诉讼程序。如果可能的话，他们甚至巴不得把他扔到火星上去才好。话说回来，圣赫勒拿岛其实和火星也没多大区别。这座地处茫茫大西洋中，地势险峻的小岛，距大陆有两千千米之遥！

"国王希望我能随行。"父亲向我宣布道。

"你要重返圣赫勒拿岛？"

"是的，而且不光我一个人。国王下令曾经陪同皇帝流放的所有人都必须参加此次远航，包括古尔戈将军、拉斯加斯伯爵、蒙托隆将军，甚至家仆也不例外。"

"那我也要去！"我当即宣布。

父亲年事已高，已年逾六旬，难免有需要我的时候。此外，我不得不承认，我一直期待能再次见到圣赫勒拿岛。我就出生在这座石头小岛上，在皇帝被囚期间，并且在那里度过了生命中的头四年光阴。关于那个地方，我的记忆矛盾重重，有欢乐喜悦，也有伤心痛苦。家里的气氛如同岛上的气候一般阴雨绵绵，每当回忆起往事，我脑海中就会出现一心想要离开圣赫勒拿岛的母亲一脸怒气冲冲的样子，还有希望留在皇帝身边的父亲的愁容满面，以及岛上那蛮荒粗犷的风光。

"你？"父亲打趣道，"为什么不呢？反正你一直是那次历险之旅的'偷渡客'。你知道在你出生时，你母亲是怎么对皇帝说的吗？"

啊，这个嘛，我怎么会不知道呢！关于那段往事，大家跟我讲过不下一百遍了。除此之外，其他轶事也多了去了！不过，除了我们，还有谁会了解其中的详情呢？还有谁会记得它们呢？

贝特朗将军

（1773 年 3 月 28 日—1844 年 1 月 31 日）

青年军官亨利－加蒂安·贝特朗早年在法国国民卫队服役。1797 年，他加入意大利军，并与当时还是将军的拿破仑·波拿巴相识。贝特朗参加了法兰西帝国所有重大战事，如奥斯特里茨、耶拿、斯潘道、埃劳战役等，被授予将军、帝国伯爵、皇宫大元帅等荣誉头衔。他始终追随在皇帝身边，直到拿破仑在圣赫勒拿岛逝世。1840 年，贝特朗重返圣赫勒拿岛，护运拿破仑的遗体返回法国。他于 1844 年去世，1847年他的遗体被重新安葬在荣军院拿破仑墓地旁。巴黎星形广场的凯旋门上刻有他的名字。

本书作者在创作过程中参考了贝特朗将军的幼子阿尔蒂尔·贝特朗所写的《1840 年圣赫勒拿岛远征札记》。

第二章

圣赫勒拿岛的"偷渡客"

我拿定主意，要把这次远征的经过讲述出来！我有幸见证这次伟大的旅程，这本日记将成为我的旅行日志，就像发现美洲大陆的克里斯托弗·哥伦布那样。一百年后，人们仍会读到它，借以重温这趟即将把我们带去天涯海角的历险之旅。

不过，首先，我要先自我介绍一下。我叫阿尔蒂尔·贝特朗，二十三岁，打从我一出生，就被载入了史册。这一切要多亏我的父亲，贝特朗将军。他是伟大的拿破仑皇帝最忠实的部将之一，曾经追随皇帝建功立业，也曾陪他一道品尝失败的苦味。二十五年前，当拿破仑被流放到圣赫勒拿岛时，父亲和另外几个人不忍心抛弃他，于是带着家人追随皇帝远走天涯。当时，我父母已经有了三个孩子，分别是十二岁的拿破仑（没错，我们家的长子怎么可能不叫这个了不起的名字呢！），十一岁的奥赫坦丝，还有十岁的亨利。我本人则是两年后才出生的。当时，岛上的气氛已经颇为压抑。拿破仑住在朗伍德高原上的一栋房子里，受到严密监控。这座地处偏远的孤岛可谓是一座理想的监狱，但英国人仍不满意，无论外出散步，还是接待访客，拿破仑凡事都要申请批准才行。英国总督哈德森·娄唯恐这位显赫的囚犯会逃之夭夭。在他眼中，到处都是蠢蠢欲动的越狱阴谋！因此，当母亲如此向皇帝介绍我时，众人不禁开怀大笑：

"陛下，我荣幸地向您介绍第一位未经总督许可便擅闯朗伍德的法国人！"

对我而言，拿破仑就是一个糖果匣，就像他托人从欧洲捎来，好等新年时送给我们的那种糖果匣。昔日，匣子的小格里盛满美味的甜食，如今却珍藏着点点滴滴的回忆。尽管有的有些苦涩，但大部分却保持着甜蜜的馨香。这其中当然包括我的第一匹马，乍一见到它，我就大喊大叫起来："我要！我要！"

"如果一星期之后你还想要的话，那它就是你的了。"皇帝向我保证。

七天后，清晨的第一声炮响过后，我便跑去皇帝那里。当时，他还没睡醒，于是，我就坐在床脚边等着。等他醒来发现我时，不禁笑了，而后立即兑现了承诺。骑在马背上的那份自豪感始终铭刻在我脑海中。

还有那块金表，那是我大哥拿破仑赢得的奖品，因为他乘法口诀表记得最熟。不过，这并不公平，孩子们当中数他年龄最大！但落败者们并不会怄太久的气，因为皇帝总有办法安抚我们的小忧伤。

我不敢肯定，如果不是父亲时常提起的话，我是否还会记得这些往事。他把我儿时的英雄当成一生的楷模。他从没给我讲过《小红帽》或《三只小猪》的故事。相反，却反反复复引领我重温皇帝的显赫战功：马朗戈、奥斯特里茨、耶拿、弗里德兰、瓦格兰姆……我的铅制小兵在摊开的欧洲大地图上左奔右突，成为最骁勇的战士，他们时而将敌军团团包围，时而又将他们击得溃不成军，尤其是那些身穿红色军装的英国"龙虾兵"。奥斯特里茨战役是我的最爱，与对手相比，法军势单力薄，但拿破仑却凭借他的足智多谋，力克劲敌。我喜欢将敌军阵营拦腰斩断，看着父亲和我一样兴高采烈，甭提多开心了。

此外，父亲还热衷于讲述皇帝戏弄哈德森·娄总督的种种趣事。那些往事发生在他被囚圣赫勒拿岛之初，因为最后几年，拿破仑病得越来越重，人也变得越来越寡言少语。最后，他甚至闭门不出，不苟言笑。不过，最初那段日子里，他倒是乐于给狱卒找麻烦，借机取乐。有一天，拿破仑让一名手下穿上他本人的衣服，骑马外出，一边走，一边不时停下来用望远镜向海岸方向瞭望，造成一种法军即将登陆的假象。皇帝本人则暗中偷觑娄总督，看到对方被假拿破仑搅得心烦意乱的样子，不禁开怀大笑。

我一点儿也不喜欢娄总督，怕他怕得要命。他长着一对尖锐的小眼睛，皱着两道浓眉，那模样活像一只老鹰。就在拿破仑去世那天，他成了我的噩梦。当时，众人哭作一团。年仅4岁的我想弄明白皇帝为什么会死，我觉得这很不公平，于是缠着奶妈问个不停。

"是那个凶巴巴的总督把他毒死了。"奶妈小声告诉我，这样我就不会再烦她了，"不过，嘘——，这是个秘密，千万不能告诉任何人，不然他会把咱们全都毒死的！"

这下子，奶妈总算落得个清净！而我却吓坏了，再也不敢问东问西。据说，每次见到娄总督，我就会大喊大叫，像发疯似的胡乱挣扎。气氛本来已经够紧张的了，被我这么一闹更是雪上加霜。所幸，儿周后我们就离开了圣赫勒拿岛。我不敢把奶妈的话告诉父母，但心里一直认为是哈德森·娄毒死了皇帝。后来，英国人断然拒绝了父亲提出的遵照拿破仑遗愿，将他的遗体运回法国安葬的请求，这下子，我心底那个秘密就愈发根深蒂固了。总之，皇帝被就地安葬在圣赫勒拿岛，我的摇篮变成了他的墓地。

这已经是19年前的往事了。此后，父亲多方奔走。他既要说服英国人，又要说服法国人。当时，菲利普国王取代拿破仑，成为法国的最高统治者。众所周知，国王和皇帝情不投，意不合！但父亲却从未放弃游说。终于，就在那天清晨，历史对他做出了公允的决定。

拿破仑

（1769 年 8 月 15 日—1821 年 5 月 5 日）

© Photo Josse/Leemage

1799 年，波拿巴将军发动雾月政变，夺取法国政权，并一举终止了肇始于大革命、荼毒 10 年之久的混乱政局，在忠于大革命原则的基础上，推行独裁统治。1804 年，他加冕称帝，自称拿破仑一世。反抗欧洲列强的革命战争就此成为拿破仑的战争。

1815 年，滑铁卢战役失利后，拿破仑被迫让位，随后被发配到圣赫勒拿岛。1821 年，拿破仑在圣赫勒拿岛去世。

第三章

"美人"号上的乘客

1840年7月7日，17时

万事俱备！我们即将从土伦港起航，为了筹备这趟往返航程长达五个月之久的旅行，足足花去了两个月时间。而今，各项事宜大体都有了着落。当我到达港口，看到我们即将乘坐的航船时，心中不禁为之一振。眼前的是一艘五十多米长的庞然大物，通体乌黑，三根桅杆直指云霄，火炮井然有序地排列在船身两侧。

"好一个黑家伙！"父亲惊呼道，显然他也被这艘漂亮的大船深深吸引了。

"那是它的名字吗？"我问道。

"不，"父亲打趣道，"它的名字叫'美人'！"

"'美人'？多奇怪的船名啊！"

"没错，这是一艘三桅战舰，一个战争利器！它是法国海军中最华丽的战舰！它的名字取自'美丽的葆儿'，是弗朗索瓦一世为纪念土伦的一位漂亮姑娘而起的，后来演变成了'美人'。"

"可惜没有保留'美丽的葆儿'的叫法！我更喜欢这个名字。"我嚷嚷道，"或者叫'拿破仑的雄鹰'！"

听了我的这番俏皮话，父亲不禁笑了。

"你要找雄鹰吗？船上应该就有！那里特意布置了一间灵堂，用于安放皇帝的遗体。咱们去看看吧！"

登上三桅战舰不禁令我豪情满怀。舰船和大海对我从没有过太大的吸引力，恰恰相反，我喜欢感受脚下坚实的土地，眺望辽阔的地平线。我发觉，人一旦上了船，就会显得特别渺小，这艘大船无异于一座人声鼎沸的城市。后来，我了解到，船上一共搭载了一百五十三人！其中包括六十五名船员，三十一名指挥官，以及五十七名乘客！船员们正忙着为起航做准备。在这一片嘈杂声中，父亲和我却仿佛进入了慢时空。我俩仰头向天，双眼圆睁，欣赏眼前的景象。"美人"或许是个奇怪的名字，但"美"字用得恰如其分，它的确很美，更确切地说，是很壮观。船首和船尾各有一块木甲板，一侧点缀着雕花花环，另一侧安装着精美的铁栏杆。两块甲板之间是专门为安放皇帝遗体而修建的小礼拜堂。礼拜堂上覆盖着黑丝绒，上面点缀着银线刺绣的蜜蜂图案。灵台，也就是专供放置伟人棺椁的祭坛，矗立在礼拜堂中央。四只镀金木雕枭鹰傲然守卫在那里。

父亲既激动，又高兴。能陪在他身边，我也感到心满意足。此刻，父亲正面临着第一道难关的考验，那就是即将与曾经的难兄难弟重逢。

当初，共有四个忠实的部将陪同皇帝来到圣赫勒拿岛，其中包括父亲、拉斯加斯伯爵、蒙托隆将军和古尔戈将军，我母亲和蒙托隆将军的妻子带着子女随行前往。拉斯加斯伯爵的儿子也在其中，十足一个小圈子，不过这当中也有道不尽的怨恨和辛酸。虽然父亲不愿谈及那些往事，但从他的只言片语已经可以推断出：祸根那时就已经埋下了。等到拿破仑去世时，四个人里只剩下父亲和蒙托隆将军。尽管母亲抱怨不迭，终究还是留了下来。但蒙托隆的妻子阿尔比娜·德·蒙托隆老早就带着她的孩子们逃走了，撇下蒙托隆孤身一人，拉斯加斯和古尔戈也回欧洲过他们的好日子去了。

最后，蒙托隆和父亲在无言中默默地分手，徒留满腹遗憾！拿破仑死了，他们终于自由了。

"在当时那种情形之下，一个讲究体面的人应该做何感想呢？"有一天，父亲终于向我吐露了心中的隐忧。

透过这番话，我领悟到，在那漫长的六年里，他们如何纠缠于矛盾的情绪之中。固然，他们深爱皇帝，但圣赫勒拿岛上的生活着实令人感到绝望，无怪乎女人们再三要求回法国。她们苦苦思念巴黎，思念生活中本应该有的一切。拿破仑感受到了这种情绪，于是责怪他们为了回法国而一心巴望他死。他粗暴地对待他们，忽而宠幸这个，忽而宠幸那个，挑拨他们互相争风吃醋。那段曾经的过往，那些明争暗斗，都将在"美人"号上重新浮出水面。

19时30分

从土伦港起航后，大家被召集到后甲板集合。

"古尔戈将军！"父亲招呼道。

"贝特朗将军！"另一位年届六旬的老先生硬邦邦地答道。

原来就是他啊！忠诚的古尔戈，他曾经两度在战场上救过拿破仑的命，但却在关键时刻从圣赫勒拿岛落荒而逃！

"这是我的幼子，阿尔蒂尔，就是在岛上出生的那个孩子。"父亲如此介绍我。

古尔戈匆匆瞥了我一眼，浅浅一笑。显然，他对我毫无兴趣。

"蒙托隆没来！"他说道。

"也许是他身体欠安吧？"父亲暗示道。

"不可能，那样的话，他总该知会一声。但到目前为止，他连句话儿也没有！"

两位老将军面面相觑，一时语塞。

"您知道人家是怎么说的吗？"古尔戈低声嗫嚅。

"不知道，也请您不要告诉我！您一定记得，我只喜欢事实！"父亲打断他道。

真遗憾！我本想打听一些有关蒙托隆的最新流言。蒙托隆这家伙看起来就是一副被流言追着跑的样子！不是有传言说他就是毒死拿破仑的元凶吗？说他无法原谅皇帝引诱了他的妻子阿尔比娜，逼迫拿破仑立他为最主要的继承人，还用继承来的两百万法郎搞投机，结果全打了水漂，还有什么事儿是他做不出来的呢？这家伙着实勾起了我的好奇心。他没来，的确令我大失所望。我本希望他能为这趟旅程带来些许欢乐，说实话，漫长的海上时光着实令我害怕。

"先生们，恕我冒昧打扰，请原谅。"一位身穿西装的男士说道，"我无意中听到诸位的谈话。蒙托隆并非唯一的缺席者。我的父亲，也就是拉斯加斯伯爵，也无法与诸位同行。他特意委派我全权代表。"

"拉斯加斯先生，很高兴再次见到您，"父亲招呼道，"但愿您父亲一切安好。"

"实不相瞒，他基本上已经看不见东西了，行动非常困难。"

"得知这一情况真让人感到痛心，"父亲遗憾地说，"还请您代我转达问候之意。"

"他将在巴黎与我们会合，出席在荣军院举行的葬礼，到时您可以亲口告诉他。"

随后，他向我微微一笑，说道："阿尔蒂尔，我险些没认出您来！您还记得我吗？"

父亲对我谈起过拉斯加斯父子。老拉斯加斯伯爵曾经是皇帝的心腹，在圣赫勒拿岛被囚的第一年，他负责收集、记录拿破仑日常的一言一行。小拉斯加斯当时还很年轻，他辅助父亲，誊抄每天的记录。1816 年 11 月的某一天，拉斯加斯父子突然被哈德森·娄总督抓了起来，至于为了什么却无人知晓。据古尔戈推测，他们父子俩企图往欧洲大陆发送秘密邮件，揭露皇帝所受的非人待遇。

"这完全不合情理！"父亲当时对我说，"如果是那样的话，哈德森·娄怎么可能把他们赶回欧洲去呢？难道不怕他们把掌握的实情全抖出去吗？"其中的实情至今仍是个谜。拿破仑去世两年后，老拉斯加斯终于拿回了当初遗留在岛上的手稿。手稿出版后大获成功，老拉斯加斯一举变成了百万富翁，小拉斯加斯也当选了议员。

所以，我当然记得拉斯加斯先生。另外，我还见到了马尔尚、阿里、诺维拉兹、皮埃隆、阿尔尚博、库尔索等其他乘客，他们都是拿破仑从前的仆人，发生在他们之间的争风吃醋小故事讲也讲不完。其中前两位我最熟识：马尔尚是拿破仑的第一位贴身内侍，皇帝去世时留给他一笔钱，后来他娶了一位将军的女儿，身上就再也找不到从前当仆人的影子了；阿里总是情不自禁地拧我的脸颊，就像那些打小看着我长大的长辈一样，确切地讲，他也算是我们家的一员了，因为他在圣赫勒拿岛娶了我姐姐奥赫坦丝的家庭女教师，他们俩还生了一个女儿，名叫克莱芒丝。没错儿，并非只有我是在岛上出生的，这样的小家伙一共有六个，圣赫勒拿岛的六灵童！

与我们同船旅行的，还有一位吉亚尔医生，他很快赢得了我的好感；还有一位科克罗神父，他一直怨声载道，要么舱室太狭小，要么床铺太硬……总之，船上没一样儿东西称他的心，真是让人无语！

正在这时，我们的船长，儒安维尔亲王弗朗索瓦·奥尔良殿下走了进来。紧随其后的是政府特使：年轻的罗昂－夏波伯爵和几名军官。一股青春朝气伴随他们迎面扑来，他们的年纪全都和我差不多！再看看拿破仑昔日的随从们，基本都已经年过半百了！

我打量着儒安维尔亲王。22岁的他已经是海军中经验丰富的"老将"了，而23岁的我却连个军官都不是！父亲曾告诉我，儒安维尔亲王13岁便加入海军，一路披荆斩棘，通过重重考验，最终荣膺"美人"号指挥官。需要说明的是，他是路易－菲利普国王的幼子。

"他的出身对他平步青云总会有些帮助的！"我曾经这样对父亲说。

我知道父亲会赞同我的看法，因为他脑袋里不乏进步思想。离开圣赫勒拿岛后，父亲当选了议员，他投票支持新闻自由，支持落实大革命期间提出的，而后又被抛到九霄云外的各项权利。

"给他一个机会吧，"父亲回答说，"亲王还很年轻，据说能力不凡。"

不管怎么说，儒安维尔是一个个性鲜明的人物，这可真是一目了然。当他面对众人发表讲话时，可谓气定神闲。

"先生们，恕我直言，眼看我的战舰被漆成黑色，改造成运送灵柩的丧船，我可真是高兴不起来。"他直截了当地表达了自己的不满。

我感到父亲和其他人听了这番话全都僵住了。此刻，我才想起儒安维尔亲王是法国王室波旁家族的一员，皇帝与他们是宿敌，多么微妙的处境啊！

儒安维尔亲王用夸张的口吻不紧不慢地继续说道："尽管如此，我可以向诸位起誓，即使葬身海底，我也绝不会出卖委托我运载的遗体，我以海军的荣誉担保！"

听了这番表态，在场的人无不松了一口气，气氛立刻缓和了下来。就这样，亲王制造了一场完美的小轰动。或许，这趟旅程会比预想的要愉快吧……

拿破仑之死

　　1821年5月5日，拿破仑在圣赫勒拿岛的朗伍德去世。此前数周，他饱受胃痛之苦。5月3日，病情急转直下，英国医生为他开了止疼药，服药后，拿破仑陷入昏迷。5月5日，贝特朗将军及其家人，和蒙托隆将军一同守在皇帝床边。17时30分，拿破仑咽下最后一口气，享年51岁。

© Photo Josse/Leemage

尸 检

皇帝逝世次日，即 1821 年 5 月 6 日，根据皇帝生前的要求，对拿破仑的遗体进行了剖检。这样做的初衷是，如果发现拿破仑和他父亲一样是因罹患一种胃病而亡故，皇帝希望自己的儿子能够预先得知这一情况。安托马契医生在其他儿名英国医生的协助下进行了尸体解剖，贝特朗和蒙托隆两位将军同在现场。

尸检发现拿破仑的胃已经千疮百孔，很可能是溃疡造成的（当时，人们称之为"癌"）。

拿破仑是否中毒身亡？

很快，拿破仑中毒身亡的谣言不胫而走，矛头指向英国总督哈德森·娄。多位专家也倾向于下毒的说法，但认为凶手另有其人。20 世纪 60 年代，一位精通毒物学的瑞典牙科医生斯坦·福什胡夫德声称，皇帝死于砒霜中毒。他认为，最大的嫌疑人是蒙托隆将军，他的作案动机最充分，首先他是拿破仑遗嘱的最大受益人，其次他为人贪婪，热衷于搞阴谋诡计，而且为拿破仑斟酒的人就是他！然而，大多数历史学家并不赞同这一说法。

第四章

从寻欢作乐到面对现实

1840 年 8 月 3 日

我的天啊！日子过得如此充实而忙碌，以至于我连写日记的时间都没有了。我原以为这会是一趟漫长而乏味的旅行！没想到，自从出海以来，每到一站，宴会、舞会轮番登场。我从没玩得这么开心！我们首先在加的斯停靠了五天，而后又在马德拉逗留了两天，然后又在特内里费岛逛了四天。所到之处，我们的三桅战舰受到贵妇和好奇的人们的"围追堵截"。众人争相观看用于安放皇帝遗体的灵堂，前来瞻仰的人群络绎不绝，面对此情此景，父亲多次感动得热泪盈眶。对拿破仑的记忆不仅没有磨灭，反而在世界各地人们的心间熊熊燃烧。访问期间，我们与很多人不期而遇。有些近卫队老兵认出了父亲，亲切地向他询问我们兄弟的近况，仿佛他们就是我们家庭的一员，他们甚至叫得出我和哥哥们的名字，这真是让我大吃一惊！

"老兵们无论漂泊到哪里，都会把历史的光荣记忆带到哪里！"父亲兴高采烈地说。

到了晚上，城里摆开流水宴，轮番招待我们。不得不承认，我们之所以会受到如此热情的款待，多亏了我们的船长儒安维尔亲王。他天性开朗，对东道主彬彬有礼，令所有人感到由衷的喜悦。无论走到哪里，亲王都要带着"美人"号上的乐队，他吩咐音乐家们演奏当地音乐，这一做法赢得了普遍的赞许！有了他，法国人的礼貌客套就不再是一句空话了。

1840 年 8 月 10 日

我和亲王成了形影不离的一对。每天他都邀请我同桌用餐，与他结伴既是一份殊荣，又让人备感愉快。他的好心情始终如一，总能搞出各种新花样，因此和他在一起从不会感到无聊。靠岸时，我们要么像走马灯似的参加宴会，要么由亲王亲自组织盛大的野餐会，就像在特内里费岛上那样，从岛的这头一路玩到那头。即使在海上，他也不会闲着，两天前，他秘密策划了一场针对"宠儿"号巡航舰的佯攻——当然了，那都是闹着玩儿的。我们登上"美人"号尾部的阁楼，饶有兴趣地欣赏这场小小的战斗。"宠儿"号船员受到突然袭击，一时全蒙了，好一阵子才明白过来亲王的把戏，可是，此时再想还击为时已晚！最后，他们只好体面地投降了，和我们大家一道饱餐一顿。

"亲王乐在其中，像小学生似的享受他的恶作剧。"吉亚尔医生说。

大家一致表示赞同。凭借准确的判断力和果敢大胆，亲王恰到好处地赢得了船上一干大人物的好感，这可真是不可思议啊！就连古尔戈将军似乎也被他折服了。当然，这并不仅仅是因为他贵为亲王，实际上他总是尽量让人淡忘他的这个头衔。

"对大家而言，我只不过是一位愉快的旅伴罢了。我尤其希望诸位不要念念不忘你们当中有位亲王，还是把这事儿忘了吧。"他一再重申。

在他的一再要求下，我们只得省去"殿下"的称呼。

可是，若要直截了当地称呼他弗朗索瓦，我们又岂能叫得出口！于是，每当面对他说话时，我们权且用"大人"作为尊称。

1840 年 8 月 20 日

我非得讲讲昨天发生的事不可，多么令人难忘的一天啊！一想起来，我就会笑得浑身乱颤！我们"过线"了，也就是说，我们穿越了赤道。包括我本人在内，船上不少乘客从未出海航行到如此遥远的地方。因此，我们理应庆祝一番，以纪念这次特殊的"洗礼"。好一场盛大的狂欢！大家笑得停不下来，船员和军官一律从头到脚弄得一身黑，然后，各自拎着水桶，轮番往对方脸上泼水。无论亲王本人，还是父亲、古尔戈将军，全成了落汤鸡！有一个算一个！当然，科克罗神父是个例外，他一个人躲在舱室里闭门不出。晚上，盛大的化装舞会拉开序幕！大家跳舞一直跳到精疲力竭才罢休。

1840 年 8 月 30 日

这一次，父亲的忍耐终于到了尽头。当亲王宣布想到非洲最南端的好望角去看看时，父亲脱口而出："我们公务在身，中途停靠是为了补充给养，而不是寻欢取乐！"

亲王丝毫没有因此而感到不悦，他不疾不徐地回答："尊敬的贝特朗将军，您所言甚是。我们会在 10 月 15 日赶到圣赫勒拿岛，那一天是拿破仑登岛二十五周年纪念日。我向您保证，我们一定会如期赶到。"

亲王放弃了好望角，父亲为此备感欣慰。

1840 年 9 月 7 日

父亲是否会是最后的赢家，这我可不敢保证！亲王虽然放弃了好望角，却选择在巴西的巴伊亚州停靠。在那里，狂欢达到了顶峰！从上岛那天起，宴会便像旋涡一样把我们全都卷了进去。当时，正赶上巴西皇帝庆祝寿辰，我们有幸成为他的座上宾。我从未见过如此声势浩大的宴会！音乐、歌舞、表演、美酒！寿宴过后，全城的上流社会人士争相向我们发出邀请。

这些日子，我不常见到父亲。多数时候，他宁愿待在船上与拉斯加斯先生聊天，议论时政。伯爵声称早已厌倦了当权派的尔虞我诈，腐败堕落。他固然希望变革社会，却难免不时生出甩手不管的念头。至于是否要参加下一届竞选，他仍举棋不定。想当年，父亲之所以选择退出政坛，一定程度上也是基于同样的考量，因此他很能理解伯爵此刻的心情。就这样，当我和亲王以及军官们吃喝作乐时，他们两位却在重新规划时政的蓝图。父亲说，这就是年轻人和老年人的差别。

1840 年 9 月 14 日

停泊十五天后，今天，我们终于要离开巴伊亚了。永别啦，歌舞升平的快乐时光！在最终抵达圣赫勒拿岛之前，我们再也不能靠岸了，再次靠岸要等到三周之后。我们还从未如此长时间地漂泊在海上。但愿亲王能为我们驱散旅途的乏味。

1840 年 10 月 4 日

今晚，在饭桌上，我听到了一个可怕的消息，简直让我作呕。我曾经天真地以为，拿破仑昔日的随从们之所以会受邀参加此次远航，是对他们的一种礼遇，毕竟他们曾经甘愿为了皇帝而牺牲自我。其实根本不是那么回事！政府特使罗昂－夏波伯爵向我们透露了实情，原来，我们还肩负着另一个令人毛骨悚然的使命，我们不仅要把皇帝的棺材从地下挖出来，运回法国，还要开棺验尸，验明棺材里躺着的是拿破仑本人！

"这简直是亵渎！"古尔戈大吼一声。

"不，验明正身的过程是必不可少的。"罗昂－夏波反驳道，"有传闻说，皇帝并不在棺材里；还有人说，棺材里躺着的不是他本人。在厚葬之前，必须先弄清楚棺材里躺着的人的身份。"

"可是，他已经死了十九年了！我们将会看到怎样一番情景？也许只是一具骸骼，您倒是说说骸骼与骸骼要如何辨别？"我惊恐不已地大声说道。

"根据诸位当年的描述，皇帝去世后，入殓程序极其周密。墓穴深入地底，上面盖着好几层石板。四层棺椁，层层嵌套，所有这一切都是为了保护皇帝的遗骸。根据专家的推断，遗体应该保存完好。"吉亚尔医生插话道。

"无论如何，诸位总认得出皇帝的制服和遗体躺着的姿势吧。"罗昂－夏波继续说道，"请务必留意这一点。"

这一切将我重新拉回到十九年前。母亲把我和哥哥、姐姐召集到奄奄一息的拿破仑身边。那时，皇帝只剩最后一口气了。

"快给恩人行礼。"母亲命令道。

每每回想起当时的情景，我就会情不自禁地浑身战栗。眼看皇帝咽下最后一口气，父母哭成了泪人。大哥拿破仑感觉不适，姐姐从那时起开始怕黑，而我则深陷在各种流言蜚语中无法自拔。我满心以为拿破仑是被人毒死的，因为奶妈就是这么告诉我的；但有人却说皇帝其实并没死，那一切都是假装的，之所以不告诉我们实情，是为了让我们哭得更真，更有说服力，而实际上，皇帝已经逃走了；还有人说英国人偷走了皇帝的遗体，而把他从前的一个仆人装进棺材里，埋在了地下。最后这种说法最让我毛骨悚然。所以，十九年后的今天，要再次回忆有关皇帝死时的一幕幕情景，是何等可怕的事情！

我固然可以轻而易举地找理由推脱，毕竟当时我只有四岁，一个四岁孩子的证言是无关痛痒的。可我怎能抛下父亲，让他独自面对如此残酷的考验！他会怎么样？在餐桌上得知这个消息时，他震惊了。大家纷纷背过身去，谁也没有心情再继续用餐了。所幸，离目的地还剩几天时间，可以让我们慢慢消化这个消息！

1840 年 10 月 7 日

快看啊，陆地！圣赫勒拿岛已经近在眼前了！不得不承认，这座岛的坏名声并非空穴来风。汪洋大海上，突然浮现出一个巨大的阴影。岸边的悬崖峭壁黑乎乎，光秃秃，寸草不生，海浪无休止地抽打着礁岩。我试着想象 1815 年 10 月 15 日，拿破仑从运载他到流放地的英国军舰"诺森伯兰"号的甲板上看到这幕荒凉的景象时的感受。根据我对历史的了解，不得不承认这座孤岛的确是一座完美的坟墓！

幸好，今晚我们并不打算上岸。若要在徐徐降临的暮色里，

踏上这片土地，那将会是怎样一番凄惨的景况啊！

第五章

朗伍德监狱

1840年10月8日

今早醒来，我的心情比昨天好多了。是不是因为明媚的日光使我得以从另一个全新的角度去审视圣赫勒拿岛呢？望着眼前没入云天的高山，我心间涌起一股快乐的情感。我的故乡，我童年的摇篮啊！我试图与船上其他人分享这份好心情，但大家却全都无动于衷。

"这是个被诅咒的地方！"古尔戈将军心情异常烦躁地打断了我。

"你母亲过去常说，这座岛就是一坨臭狗屎，"父亲提醒我说，"她说的没错。"

既然不能说服他们，我也无心再与他们争辩。幸好有不少访客登船拜见儒安维尔亲王。我了解到，岛上如今有四千居民，比二十年前足足多了一千人。来访者中既有当地居民代表，其中包括当地的英国人和法国人，也有许多旧识。一听说我姓甚名谁，他们全都争相向我打听家人的情况，一一问及我的母亲、哥哥、姐姐的近况，不少人还热切地为我讲述当年的一些轶事。那情景真像一场家庭聚会，每个人都有说不完的话。我恨不得尽快登岛才好！

1840 年 10 月 9 日，上午

今天上午 10 点钟左右，我们终于上岸了。儒安维尔亲王与圣赫勒拿岛当局组织大家前去瞻仰拿破仑墓。这一次，不光是我一个人表现出迫不及待的心情了，父亲以及曾经在朗伍德居住过的人全都恨不得赶紧去拜谒皇帝才好，大多数法国军官陪我们一同前往墓地。上岸时，我们受到英国亚历山大上尉的迎接，早在拿破仑遭流放时期，此人就已经驻扎在岛上，并且赢得了法国人的好感，今天就由他担任向导。我们一行人穿过詹姆斯敦，那是前往朗伍德途中会经过的唯一一座小城。城里，洁白的小房子排列整齐，维护一新，煞是漂亮。出城后，我们沿着一条迷人的山路

继续前进，四周是绿意葱茏的自然风光。随后，我们又沿着一条崎岖的小路下到山谷，路旁柏树、垂柳成行，天竺葵山谷就在那里！拿破仑亲自选择了这个地点——这里是岛上风光最旖旎的所在——作为他的墓地，以防万一英国人拒绝他魂归法兰西。大家默默无语地往前走，内心却很激动。突然，一小片林中空地出现在眼前，哦，就是那里！一块硕大的石板，四周围着一道铁篱笆。石板上空空如也，既没有一个字，也没有一句铭文。尽管如此，大家心里都很清楚，皇帝就安息在距离地面十英尺深的地下。我还在附近发现了皇帝钟爱的那眼山泉，以及那两棵垂柳，他喜欢坐在树下读书。我的喉咙不禁一阵阵发紧，在这片肃静的墓园里，所能做的只有祈祷，包括亲王在内的所有人全都跪拜在拿破仑脚下。

下午

我们在墓地逗留了差不多一个小时，随后又骑马赶往朗伍德。刚一靠近这座高原，我们立刻感受到那股经年不息的狂风。在让人抓狂的大风中，我们看见了朗伍德，那么凄凉，那么荒芜。缭绕的雾气加剧了人们心中的伤感和愤怒！把拿破仑流放到天涯海角还不够，还要强迫他在这样一片寸草不生的高原上安家落户！不过，对我们大家来说，最大的刺激莫过于目睹皇帝的故居沦落至此——那里已经变成了一座农场，他的卧室成了牲口棚，对于这位曾经居住在欧洲最豪华的宫殿里的人，这是何等的亵渎啊！

我认出了他那座围着绿栏杆的小阳台，还有他心爱的花园。回忆蓦地涌入我的脑海。从没有人跟我提起这桩往事，但我的记忆将它悉心珍藏了起来。一天早晨，我正在皇帝身边玩耍，这时他恰好发现英国人的一头牛正在践踏他的菜园和花圃，这已经不是第一次了。皇帝怒不可遏，于是派我去叫下人把他的枪拿来。我撒腿就跑，很快，下人就把武器拿来了。皇帝举枪瞄准，一声枪响过后，那头牛重重地跌在了草地上，大地和我不禁随之颤抖。我紧紧地贴在皇帝的腿上，惊愕地瞪大眼睛望着他。他埋怨自己吓到了我，因此一再道歉。但对我来说，他却在几秒钟内变成了世界上最强大的人！从那以后，英国人知趣地把他们的牛关进围栏，拿破仑的长枪便再也没派上用场了。

其他人仍留在皇帝的故居前，而我则径自走开，想去看看我们一家人从前居住的小屋。父亲不愿陪我一同去，那会勾起他太多太多的回忆，其中不乏不堪回首的往事。我们的小屋距离皇帝的寓所只有几步远，当年他时常来看望我们。再次见到自己出生的房间，我不禁触景生情想起母亲，想到她在这几堵石墙之间所受的苦，我不禁潸然泪下。

"我们都会死在这里的。"她不断重复着这句话。

母亲刚到圣赫勒拿岛时，皇帝只有 46 岁，除了时常胃疼外，看似很健康。无论随行人员，还是皇帝本人，大家很快意识到除非他去世，否则谁也别想得到解脱。岛上的气氛因此一落千丈，即使最亲近、最热爱皇帝的人也难免受其影响！"要谋杀一个人，办法多的是，可以用枪，也可以用剑，还可以下毒，或是通过心理摧残。各种办法其实大同小异，唯有这最后一招最残忍。"拿破仑曾对友人如是说道。

回途中，大家全都缄默无语，心绪难平，回忆像可恶的牙疼一样纠缠着每一个人。大家迫不及待地登上"美人"

号，在这片没有边际的虚无之地，这艘船可以算得上是法兰西的一隅了。

此时此地，我们所能做的只有等待，等待那个伟大的日子，抑或是漫长的夜晚……

棺材里的是不是拿破仑

　　各种流言蜚语四处散播：拿破仑逃到美国去了！逃到加拿大去了！逃到奥地利去了！英国人偷走了他的尸体，妄图掩盖下毒的真相！1969年，一个名叫乔治－勒迪弗·德·拉·布勒东的人声称，躺在棺材里的并不是拿破仑本人！他指出，人们在1821年和1840年所作的证词有许多前后不一的地方，例如棺材的数量不同、马刺和丝袜不见了、两只靴子都破了，以及装饰……英国人很可能调换了拿破仑的尸体，将他埋在了伦敦，代之以一个名叫西普里亚尼的仆人的尸体。这一说法在一定程度上得到了历史学家布鲁诺·罗伊－亨利的支持，但却遭到其他研究拿破仑历史的专家的诟病。

© DeAgostini/Leemage

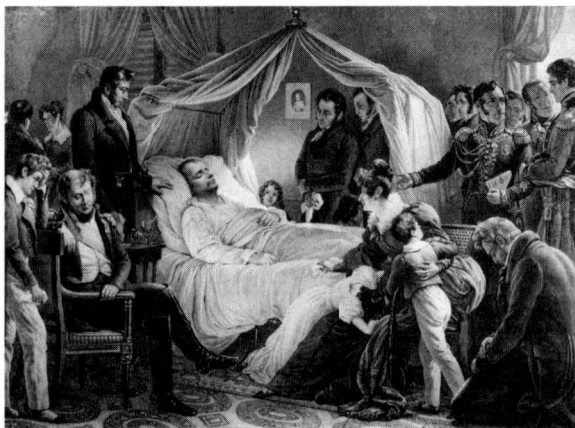

圣赫勒拿岛

　　囚禁拿破仑的监狱是一座漂浮在南大西洋上的火山小岛。这座与世隔绝的孤岛距离非洲海岸 1850 千米，距离巴西海岸 3500 千米。1816 年，法国政府专员蒙特谢尼侯爵如是描写圣赫勒拿岛："来到这里之前，我所读过的所有关于圣赫勒拿岛的描述都是不够诚实的。我的结论是，没有美化，就无以下笔。这里是世界上最偏远、最难以到达、最难攻陷、最贫穷、最无以为生，同时也是最珍贵的角落。"

第六章

最漫长的夜晚

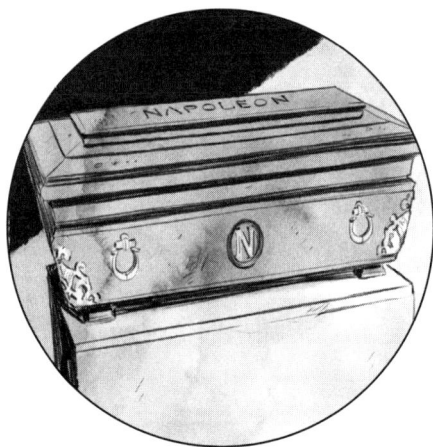

1840年10月14日，23时30分

当我们再次置身于皇帝的地下墓穴，我不禁起了一身鸡皮疙瘩！夜阑人静，雾气又浓又湿，风吹得火把摇曳不止，映出许多骇人的阴影。我们所要做的，是把一个人从他的墓室里挖出来！幸亏我们人多势众。儒安维尔亲王不愿与我们同来，他宁愿率领他的军官们等在码头上接应我们。当然，拿破仑从前的随从们全都来了。除了英国总督，也就是米德尔莫尔总参谋长之外，圣赫勒拿岛上的英国当局也全体出动。那天正赶上总督大人身体不适，因此只有在开棺的关键时刻他才会亲自到场。掘坟的苦差事由英国劳工承担，为确保天黑前把拿破仑的棺材运回"美人"号，整个挖掘过程经过了周密的筹划。大家担心这项乏味的工

程耗时漫长，于是决定从午夜便开始动工。凌晨一点钟左右，马车便来接我们了，随后把我们带到墓地附近。很快就要开工了。届时，我会紧跟工程进度，实时记录，尽量不遗漏任何一个细节。手里握着笔写写画画对我来说是件大好事，我很清楚自己如此焦灼不安是为了什么。

10月15日，4时

趁工人们休息的间歇，我躲到一旁，记录下这些令人难以置信的事实。实际上，在刚刚过去的四小时里，并没有发生什么大不了的事。这片土地似乎极不情愿交出它的囚犯，每一道工序都进展得小心翼翼，因为没有人能确定深埋地下这么多年，棺材会变成什么样。工人们首先拆除了围在墓地四周的铁栅栏。随后，他们开始对付盖在墓穴上方的三块大石板。接下来，他们要把四周塌陷的泥土清理干净，这些工事耗费了好几个小时。不知什么时候下起雨来，吸饱雨水的泥土变得格外沉重。突然，只听工人们大声呼喊起来，说是触到了一层水泥，大家全都屏息敛气。当时的情景可想而知——四十个大男人，从头到脚淋得跟落汤鸡似的，深更半夜守在一座墓穴旁！风雨交加，火把也被熄灭了。借着幽暗的灯笼光，几乎什么也看不见。谁也不说一句话，只听得见工人们干活儿的声音和凿子铿铿的敲击声。原以为大功告成了，没想到这层水泥反而构成另一道难关。眼下，工人们只凿下很小的几块碎屑，看来非得花些工夫不可啦。

9时

总算完事儿啦！这个令人难以置信的夜晚，会让我永生难忘！费了九牛二虎之力，水泥板终于凿穿了！我一度以为这道工序恐怕永远也完不成了。六点左右，天亮了，我的心情更加急不可耐。时间紧迫，但要做的事情却多的是。终于挖到盖在棺材上的那块大石板了。工人们在石板两端各凿了一个洞，再把铁环和绳索固定在上面，这样就可以把石板抬起来了。此刻，他们正在安装带滑轮的起重装置。气氛变得愈发紧张，这从大家脸上的表情就看得出来。棺材会变成什么样？会不会已经受潮朽烂了？会不会被摧枯拉朽的时间变得面目全非了？

10时30分

棺材完好无损！大家终于松了口气，封棺材用的螺丝钉仍然闪闪发光，好像昨天才被拧上似的。科克罗神父一边祈祷，一边往棺材上洒圣水。紧接着，吉亚尔医生下到墓穴里，把从巴黎带来的化学试剂喷洒在棺材上，以防墓穴里散发出有害的挥发物。目前，大家还都没有太多感触。这究竟是好兆头，还是坏兆头呢？工人们把棺材从墓穴里拉了上来，运到附近临时搭建的帐篷里，放在专程从巴黎运来的用于盛装皇帝遗体的乌木棺材旁。此时此刻，只等米德尔莫尔总督到场了。在此期间，会有人带我们到附近的迪克森家换衣服。我恨不得赶紧把这身湿透的衣服扒下来才好。届时，大家都将换上制服，父亲和古尔戈将军会穿上他们的帝国将军制服，佩戴上他们的全部勋章，而我则会穿上士官生制服。

12时

米德尔莫尔总算来了。帐篷下一共聚集了二十八个人，其中包括十八个法国人和十个英国人，其他人一律等在外面。众人围拢在棺材周围。众所周知，皇帝的棺椁分为四层，就像从前埃及法老的棺椁那样。最外层的桃花心木板很容易就拆下来了。第二层是铅制的，再往里去，第三层又是桃花心木的，最后那层是马口铁的。大家全都屏住呼吸，我感到心脏在突突直跳，血液在太阳穴里涌动。尽管明知所有这些步骤都是必不可少的，但一想到即将揭开我心目中的大英雄的最后一层保护壳，我心里仍然不可避免地生出了抵触情绪！那里躺着的是拿破仑本人吗？他的尸体现在成了什么样子？这悬而未决的滋味可真让人难以消受啊！

13时

马口铁棺材的顶盖打开的一瞬间，只见一团白花花的东西露了出来。那是什么玩意儿？我的五脏六腑不禁翻江倒海！还好只是虚惊一场，原来是缎子隔垫从棺盖上脱落了下来。吉亚尔医生轻轻掀开隔垫，尸体从脚到头依次显露出来。拿破仑看上去好像仍然活着似的，噢，这简直太……父亲惊呼一声，险些扑到棺材上。不过，没等我上前扶住他，他就自己控制住了情绪。大家无不纷纷落泪，有的人甚至跪下了。我目不转睛地盯着他的脸，却不太认得出他的模样。只见他面部皮肤发黄，脸看上去似乎变长了。我又看看他放在大腿上的左手，还有那顶放在他膝盖上的帽子，以及……哦，他的脚指头竟然从靴子里伸了出来！我再次看向他的脸，发现他双唇间隐约露出几颗牙，而且胡子也长长了。吉亚尔医生把缎子隔垫重新放回原位，人们拧紧螺丝，然后把另外三层棺盖依次重新封严。由于尺寸不合适，最后不得不把最外层的桃花心木棺材拿掉，才把整套棺椁装进专程从巴黎运来的乌木棺材。乌木棺材密封上锁，一切终于尘埃落定。我总算松了一口气，所幸我们既没有看到任何骇人的情景，也没有闻到丝毫难闻的气味。这难道不是伟大的拿破仑对死亡和时间的藐视吗？

15 时

棺材被抬上一辆蒙着黑纱的马车，再盖上丧礼专用的绣着蜜蜂和皇冠图案的紫色丝绒。驾驶灵车的四匹骏马头上插着黑羽毛，英国步兵排成两列纵队，立正敬礼。一声炮响，宣布我们可以启程了，时间是三点整。父亲、古尔戈将军、拉斯加斯男爵和马尔尚先生托举着灵盖的四角。科克罗神父和两个唱诗班的孩子走在前面。国王特使罗昂-夏波伯爵殿后，我跟在他身旁。拿破仑从前的仆人紧随其后，然后是英国总督和圣赫勒拿岛当局官员。低沉的鼓声和每五分钟响一次的炮声伴随着我们缓慢的脚步。

沿途聚集了许多岛上的居民，灵车队经过时，人们纷纷脱帽致敬。人们虔敬的举动令我深感自豪！海岸已经近在眼前，我们走了差不多一个半小时。只见儒安维尔亲王身穿船长制服，亲自率领排成两列纵队的六十名军官等候我们。英国总督上前一步，代表英国将皇帝的珍贵遗骸交托给儒安维尔亲王。

从这一刻起，法国军舰每隔一分钟便炮声齐鸣。当拿破仑的棺材从码头转移到船上时，"美人"号上的灵堂也揭开了灵幔。灵幔迎风招展，猎猎作响。亲王随同皇帝的灵柩一同登上船只，拿破仑被抬上"美人"号，从此永远离开了禁锢他的监牢。

夜幕降临，天空中绽开绚烂的烟火。当船上的炮声归于沉寂之后，漆黑的夜空中升起一颗孤星，在拿破仑的棺材上方熠熠闪耀。

朗伍德高原

英国人把拿破仑及其随行人员安置在朗伍德高原，那里是圣赫勒拿岛上气候最恶劣的地方，凄风冷雨，雾气弥漫。并且，这座无遮无拦的高原十分方便监视拿破仑及其身边人员的一举一动。

朗伍德故居

拿破仑位于圣赫勒拿岛的寓所既潮湿又阴暗，由一系列小间组成，其中包括一间卧室、一间工作室、一间浴室、一间餐厅、一间图书室、一间客厅和一间会客室。即使英国总督哈德森·娄也不得不承认它的简陋："换作任何地方，这种水平的家具设备和整体情况都达不到将军级别的军官理应享受的待遇，那些东西的质量甚至连我本人的房间都比不上。"

No. 7 Longwood House, St. Helena.

第七章

水果生虫了

1840 年 10 月 16 日，14 时

午餐时的谈话搅得我心神不宁。本来我很高兴能和大家聚在一起，要知道，前天夜里在墓地熬了一宿，昨天又忙了一整天，大家全都累得精疲力竭，仪式一结束，饭也顾不上吃，就全都上床补觉去了。今早，大家共同出席了为皇帝举行的追思弥撒（天主教最崇高仪式）。父亲很少说话，我想，一定是因为皇帝近在咫尺，他才如此心绪不宁。我们在餐桌上遇见了皇帝以前的随从，以及另外几名军官。儒安维尔亲王和吉亚尔医生正在陆地上办理离岛的相关手续。

"棺材里躺着的真是拿破仑吗？"我们刚一落座，图夏尔中尉就急不可耐地问道，"诸位就没有一丁点儿怀疑吗？"

"千真万确！"大家异口同声地回答。

"就好像皇帝复活了一样！"拉斯加斯先生大声说道，"当时，我哭得啊，就像个小丫头似的。"

"我们全都哭了。"父亲肯定地说。

"实在太难以置信！"阿里兴奋地说，"他的身体毫发无损！就好像昨天才刚刚下葬一样。"

"要让我说，他甚至比以前气色还好！"古尔戈将军愉快地说。

"不可能吧！"图夏尔中尉不以为然地说，"怎么可能在地底下埋了十九年，却比以前气色还好呢？"

"那是您不了解皇帝！"古尔戈将军驳斥道，"在他身上，不可能也能变成可能。这种事儿我们见得多了，这一次也不例外。"

"没错，"阿里附和道，"想当年，病痛折磨得他形销骨立。可如今，他的脸颊竟又变得圆润起来。还有他的牙，诸位看见他的牙没有？以前他的牙黑乎乎的，如今却变得雪白！"

"你们发现没有？他的胡须也长出来了。"马尔尚补充道，"皇帝咽气之后，我明明为他把胡须剃干净了。"

"听见没有，先生们，说真的，"图夏尔中尉惊呼道，"虽然你们信誓旦旦地说毫不怀疑棺材里那具尸体的身份，可是又有哪位没有发现一星半点儿反常的怪事儿呢？"

"最让我吃惊的是他的脚指头，它们竟然从靴子里钻了出来。"我大声说道。

"什么？他的脚长大了？"中尉讽刺道。

"照我看，不如说是靴子开线了。"马尔尚解释说，"但是，话又说回来，他的脚指头却是光着的，这反而让人琢磨不透。"

大家全都疑惑不解地望着他。

"当初，我可是给他穿了袜子的啊！"马尔尚继续说道，"怪哉！怪哉！还有那枚勋章，我敢打包票，入殓时他是戴着勋章的。"

"好了，就到此为止吧！"父亲断然打断众人，"此时此刻躺在棺材里的就是皇帝本人，我们全都认出他了。"

"我并无意冒犯，可是，将军，您怎么能那么肯定呢？当时你们都很激动，而且都哭了！"中尉反驳说，"再说，棺材一共打开了多长时间？两分钟？三分钟？那么短的时间里，你们怎么可能心平气和地看清眼前的东西呢？而且，阴雨天在那顶帐篷底下似乎什么也看不清啊！"

"请相信我，中尉。无论何种环境下，我都认得出皇帝。我可以向您保证，此刻躺在船上的那口棺材里的就是他本人。"

父亲一改往日镇静沉稳的做派，用极其严厉的口吻说出这番话来，大家听了不禁全都缄口不言，默默地吃完了这顿饭。我虽然饿着肚子，却什么也吃不下。好多疑问在我脑海里打转。饭后，大家各自回舱室去了。等到只剩我们父子俩时，我不禁想要和父亲继续谈论刚刚的话题。

"父亲，您难道不觉得有些细节真的很蹊跷吗？"

"阿尔蒂尔，"他说话的声音又恢复了原有的平静，"别去听那些闲言碎语。死亡之于人的肉身的作用，我们活着的人无从知晓。但凡事总有理由，我敢向你保证，棺材里躺着的就是拿破仑本人。"

17时

既然睡不着，我干脆走出舱室，看看能不能遇见什么人。太巧啦，马尔尚先生正好在小客厅里，我正想见他呢！于是，我在他身旁坐了下来。

"看样子您好像不太高兴。"我先开口道。

"怎么高兴得起来呢！我喜欢事情一桩桩，一件件，全都一清二楚的。我不愿背叛皇帝，棺材打开的一瞬间，我想我认出了他。可那之后，各种疑问却搅得我心烦意乱。还有那些流言……"

"什么流言？"我追问道，一心想弄清楚自己是否已经掌握了全部情况。

"您不是很清楚吗？据说是英国人把他毒死的，由于这个缘故，他们才不肯把他的尸体还给我们。如今，又有传闻说他们用另一具尸体替换了拿破仑的尸体，以免验尸时露出马脚。"

"可是，拿破仑去世之后，随即就进行了尸检。您和我的父亲当时都在场。根据尸检结果，皇帝死于胃癌！"我反驳道。

"有的时候，科学也难免会出错……或者不如说是人欺骗了科学吧！如果再进行一次尸检的话，历史恐怕要改写了，说不定……"

我全神贯注地琢磨各种线索，希望能看透其中的隐情。突然，我灵光一现！

"英国人完全没必要替换尸体，因为棺材里有两个罐子，其中一个罐子里装的是拿破仑的胃！如果说，为了掩盖下毒的事实，非得采取调包计的话，那么被换掉的理应是那个罐子，而不是尸体才对！"

"没错。您看到那两个罐子了吗？"

"看到了，每个膝盖下面一个。"我肯定地说，"一个装着心脏，另一个装着胃。"

"的确是这样。"马尔尚先生回答说，脸上浮现出神秘的表情。

"然后呢？"

"可是，1812 年入殓时，我们是把罐子放在棺材角落里的。"老仆人继续说道。

"放在棺材角落里？您确定吗？"

"我确定。不过，我不记得后来是否移动过它们了，只记得第一层棺材很窄，我们不得不把皇帝的帽子摘下来，放在他腿上。至于那两个罐子，我完全回想不起来了……"

马尔尚可真会搅浑水啊！幸好这时吉亚尔医生来了，他不仅是唯一触摸过皇帝尸体的人，而且还是一个懂科学的人，理应听听他的意见才是！

于是，我把大家的疑虑对他一一道来。

"尽管拿破仑在世时我未曾有幸结识皇帝，但是我敢保证，那就是他。"

"可是尸体怎么会变得像木乃伊一样不腐坏呢？"我惊呼道，"众所周知，除了心脏和胃之外，尸体的其他器官都没有动过。"

"是的，的确如此，"吉亚尔医生承认道，"可这并非无法解释：潮湿和空气是尸体变化的两大主要诱因。尸体被隔垫紧紧地簇拥着，隔垫吸收了潮气；而第一层棺材密封得恰到好处，几乎没有，或者说只有极少量空气进入其中，尸体就不易腐化了。"

"那牙齿呢？他的牙原来黑乎乎的，现在怎么变白了呢？"马尔尚反问道。

"您曾经亲口告诉我说，皇帝生前一天到晚嚼甘草。其实，只要改掉这个坏习惯，牙齿很快就会变白，即使死后也不例外。"

"那胡须呢？皇帝咽气后，我明明帮他把胡须剃干净了！"马尔尚继续提出异议。

"人死之后，毛发会继续生长，这并没有什么可疑之处，"吉亚尔医生解释说，"你们误以为是胡须的东西，在我看来其实是霉斑。尸体上覆盖着一层细微的白色灰尘，看上去就像长了一层短短的毛发，其实不光脸上才有。"

"可是，他看上去反而比死的时候更年轻，这您也不觉得奇怪吗？"马尔尚固执地说。

"这有什么奇怪的？！人死之后，尸体会膨胀，面部也一样，或许正是由于这个缘故，袜子和靴子才被撑破了。还有吗？"吉亚尔医生说，"你们再想想看。"

马尔尚和我全都丈二和尚摸不着头脑。

"19年前，拿破仑是你们当中最年长的一位！当年他51岁，而您呢，马尔尚，您那时多大？30？"

"没错，的确是30。"

"这么说来，您现如今已经49岁了，几乎和拿破仑去世时的岁数差不多！只不过，您老了，而他却没变，始终保持着大家当初所认识的那副模样。还有您，阿尔蒂尔，我就不必再多说了。在一个三四岁的孩子眼中，成人看上去就像巨人一般。而且，您的记忆大部分是基于别人的讲述。"

对于这些观点，我举双手赞同。总之，吉亚尔医生的论证完全说服了我。马尔尚看样子心里也踏实了不少，也不再找碴儿反驳了，我们可以踏踏实实地返回法国了！

"美人"号

　　这艘三桅战舰是法国海军中第三艘被命以这个名字的战舰。它的航速可以达到 20 千米每小时，舰上载有 60 门火炮，船身两侧各 30 门。1839 年开始服役，1861 年退役。

© Photo Josse/Leemage

儒安维尔亲王

（1818 年—1900 年）

弗朗索瓦·奥尔良殿下是 1830 年至 1848 年间执政的路易－菲利普国王的三子，排行第七。1839 年，他被授予"美人"号的指挥权。1840 年，他奉当时法国政府之命，前往圣赫勒拿岛载运拿破仑的尸体返回法国。由于他本人及船上部分船员年轻贪玩，这趟旅程无异于变成了一次观光游览。

© Bianchetti/Leemage

第八章

逆风

1840 年 10 月 17 日

回程恐怕不会一帆风顺！多雷船长率领"俄瑞斯忒斯"号军舰赶到圣赫勒拿岛停泊地与我们会合，同时带来了一则令人不安的消息。由于双方在埃及和叙利亚的争端，英法两国恐怕又将重燃战火。

闻讯，儒安维尔亲王不禁紧张起来，他恨不得赶紧离开圣赫勒拿岛，无奈与岛上英国当局联合制定的纪要尚未撰写完成，因此，我们不得不原地待命。我不禁暗暗思忖，米德尔莫尔总督该不会是故意牵制我们，企图夺回我们船上运载的无价之宝吧。实际上，心里揣着同样疑虑的人并非只有我一个……

1840 年 10 月 18 日

终于，我们可以扬帆起航了！当船徐徐驶离圣赫勒拿岛时，我站在甲板上目送这座孤岛消失在地平线上。我坚信，自己再也不会回来了。因此，我格外庆幸参与了这次远航，这个过程就好比重新翻阅自己的童年相册。"俄瑞斯忒斯"号护送了我们一程，随后便调转船头向美洲驶去。儒安维尔亲王唯恐遭到英国军舰的袭击，因此决定尽快返回法国。尽管我们并不了解英法两国即将宣战的实情，但亲王认为不宜冒险。

1840 年 10 月 31 日

今天，我们遇到一艘名为"汉堡"号的商船，它的船长登上"美人"号，为我们带来了有关欧洲时局的令人不安的消息：另一场英法大战一触即发。古尔戈将军闻讯大吼一声：

"皇帝的英名或许还有救，向英国寻仇的机会到了！"

无论父亲还是儒安维尔亲王，他们俩丝毫没有被这句玩笑话逗乐。亲王非常看重他肩负的使命，他曾经一再表示，任何人都休想从他手中夺走拿破仑。看他那副决绝的样子，就像在守护自己的祖先一样！到目前为止，他的任务完成得非常出色。

"即便一位货真价实的波拿巴家人也不会做得更好了。"父亲赞叹道。

不管怎么说，再没有人质疑我们运载的这位特殊乘客的身份了。吉亚尔医生的论证传遍了船上所有人的耳朵，大家都被说服了。

1840年11月2日

准备战斗！我们遇到一艘从伦敦开来的荷兰船——"埃格蒙特"号。儒安维尔亲王下令放下小艇，并派了一名军官前去打探消息。军官带回一大摞荷兰报纸，幸好船员里有人懂这种语言。从报纸上的消息来看，尽管战争尚未爆发，但也到了一触即发的程度！儒安维尔亲王当即与"美人"号和"宠儿"号上的全体军官组成了战略小组。

"先生们，时刻准备，不成功，便成仁！"

"宠儿"号航速缓慢，拖延了船队的行程，儒安维尔亲王命令它即刻赶往附近一座法国港口，而我们则向瑟堡全速前进。

1840年11月3日

荷兰报纸还向我们宣布了另一条令人大跌眼镜的消息！拿破仑的侄子，路易－拿破仑·波拿巴密谋推翻路易－菲利普国王，篡夺政权。表面看来，事情发生在八月初，当时我们正行进在奔赴圣赫勒拿岛的途中。蒙托隆也参与了此事，本来他应该和我们一起出海的。目前，这两位谋反者双双被捕，锒铛入狱。我们的处境因此变得格外微妙。一方面，我们在波旁家族的一员，即儒安维尔亲王的率领下，护送拿破仑皇帝，即法国波旁王室宿敌的灵柩返回法国；另一方面，皇帝的侄子却带领波拿巴势力企图推翻亲王的父王，即路易－菲利普国王，攫取政权。这可真是太离奇了！受英法战争和国内政变的双重影响，"美人"号上的气氛变得异常紧张……大家恨不得赶紧回到法国才好！航行至亚速尔群岛附近海域时，我们并没有按惯例向西行驶，相反，亲王下令向东航行，借以加快行程。但愿海风会助我们一臂之力吧！

1840 年 11 月 30 日

瑟堡，我们回来了！我们的任务终于完成了！尽管目前还不得不暂时停靠在锚地，但大家全都松了一口气！据悉，英法大战的阴霾已经散去。法国最终做出妥协，并且改组了内阁。这意味着，在荣军院主持葬礼的将会是另一批人。但愿一切进展顺利吧！我们收到通知，称由于近来发生的种种变故，筹备工作大受影响，进程延误。一切是否能如期完成呢？我巴不得尽早下船，重新踏上坚实的土地，躺在舒适的床上好好休息休息！

我由衷佩服父亲，无论发生任何情况，他老人家从无怨言，只是耐心地等待着，不过他失神的时候越来越多了。他好像一下子老了十岁，曾几何时，他把拿破仑的遗体重返故里当作毕生奋斗的事业，而今，一切大功告成，但他身上却有什么东西也随之破灭了。但愿只是疲劳过度使然吧！这可真是一趟令人筋疲力尽的漫长旅程啊！全程总计耗费了将近五个月时间！去程三个月，在圣赫勒拿岛逗留十一天，最后又用了四十一天返回法国瑟堡。

1840 年 12 月 2 日

我们终于获准进入瑟堡军港。真是好事多磨啊！照这个节奏，恐怕我们要在"美人"号上过圣诞节了！按照官方的解释，我们之所以受困，是因为葬礼组织工作延误。船上，小道消息不胫而走，说是新一届政府深恐无力驾驭整个葬礼。据说，身穿旧制服的帝国老兵们正从各地赶来，要求拜谒皇帝。我们本应沿陆路直抵巴黎，最后不得不改走水路，沿塞纳河逆流而上。"美人"号不适合内河航运，因此不得不调换船只。

1840 年 12 月 4 日

再次受阻！

这次是天气作祟。从昨天起，人们络绎不绝地登上"美人"号拜谒皇帝。据古尔戈估算，参拜人数足足超过十万之众。人们冒着严寒风雨，一个挨一个排成长长的队列，在宁静肃穆的气氛中，依次走到皇帝的灵柩前敬拜。

此情此景怎能不令人动容！

1840 年 12 月 5 日

无所事事生事端！马尔尚又犯了疑心病。今天一大早，他就来敲我们舱室的门，看上去一副焦虑不堪的模样。

"您看到马刺了吗？"他甚至没来得及和我们打声招呼，就劈头盖脸地问道。

"您这是说的什么话？"父亲严肃地问。

"马刺！入殓时，我给皇帝戴了马刺！"他喊道，"可我怎么没看见棺材里有马刺呢？我已经问过其他人了，谁也不记得曾经见过它们！"

"我亲爱的朋友，"父亲平静地说，"虽然您没看见它们，但那并不证明它们不存在！"

看着目瞪口呆的马尔尚，父亲继续说道：

"请您闭上双眼，好的，说说看，我有没有戴着我的荣誉军团勋章？"

"我……我……也说不准。"

"请您睁开眼睛吧。这下子您看到了吧，勋章就戴在我身上呢。您已经看惯了我佩戴勋章的样子，因此对它们已经视而不见了。至于皇帝的马刺，也是同样的道理。它们一定还在那里，只不过您没留神罢了。"

马尔尚好像瘫痪了似的一动不动。

父亲伸手扶住他的肩膀，轻声说道：

"我亲爱的朋友，这次的经历搅得我们大家心绪不宁。再次见到皇帝对我们每个人来说都是一种相当大的冲击。尽管如此，我们心里都很清楚，那就是他。我建议您要倾听自己内心的声音，不要去管那些流言蜚语。"

"您说的对，"马尔尚结结巴巴地说，"谢谢您，将军。多有打扰，请您见谅。"

父亲目送皇帝的这位内侍耷拉着肩膀远去。

"可怜的家伙，他总想把事情做得完美无缺，这正是拿破仑欣赏他的地方，但话又说回来，这也害他不浅啊。"

父亲关上门，继续看书。我发现，犹疑不安丝毫未曾干扰他一分一毫。对我而言，就完全不是那么回事了。我百分百确定，棺材里的拿破仑的脚上没穿马刺……

拿破仑墓地

拿破仑希望死后能安葬在法国，但想到英国人恐怕不会答应，于是他生前便在圣赫勒拿岛上选定了一个地方，也就是天竺葵山谷（后称作陵墓山谷）的一眼泉水边，作为他的最终归宿。法国人希望在坟墓上刻上拿破仑的名字，却遭到英国总督哈德森·娄的拒绝。他拒不承认拿破仑的皇帝头衔；另一方面，法国人也不肯接受他的建议，拒绝刻上拿破仑将军的字样。就这样，墓碑上一直空空如也。1852年，拿破仑的侄子当上法国皇帝，称拿破仑三世，他从英国人手中买下了天竺葵山谷和朗伍德故居。

这部分地产至今仍归法国所有。

挖 掘

1840年10月15日，也就是距离拿破仑抵达圣赫勒拿岛的那一天整整二十五年之后，他的棺材被挖掘出土。

雷米·吉亚尔军医的笔录节选

"看到尸体的一瞬间，我立刻认出那就是拿破仑，尸体保存得很好，面部表情真切可辨。……脸颊浮肿，此处皮肤摸上去依旧柔软，呈白色；下颏皮肤略微发蓝，这是由于长着胡须的缘故，那胡须好像在主人去世之后仍在继续生长；下颏毫无改变，仍然保持着拿破仑独特的面部特征；双唇变薄，微张，露出三颗门牙。透过稍微朝左翻起的上唇，可以看到洁白的牙齿。"

加斯帕尔·古尔戈将军的证言节选

"除鼻子受到棺材顶盖挤压外，整个面部保存完好，仅略显浮肿而已，但这对面部轮廓的影响微乎其微，哪怕只见过皇帝一面的人，此刻也能认出他来。医生轻轻触了触尸体的面部，宣布说肌肤已经干瘪僵化。"

入 殓

葬礼定于 1840 年 12 月 15 日举行。运载拿破仑棺椁的灵车从讷伊桥出发，经过星形广场的凯旋门，前往荣军院。寒冷的天气未能阻止人们夹道观礼。然而，对仪式组织者来说，这却是一次失败的经历。路易-菲利普国王和阿道夫·蒂埃尔首相本想借此机会改善各自的形象，以及他们所代表的政权，即七月王朝的形象。但在仪式举行前夕，阿道夫·蒂埃尔被迫辞职。七月王朝日益走下坡路，最终在 1848 年寿终正寝。路易-拿破仑·波拿巴借机登上权力的宝座……

维克多·雨果笔下的灵车

"整体而言，灵车极其壮观。那是一个通体镀金的庞然大物，逐层抬升，形如金字塔，由四个金色大车轮托载。点缀着蜜蜂图案的紫色绉纱从上垂到下，透过绉纱，华美的细节依稀可见：底座上肃穆的雄鹰，象征十四场大捷的十四尊雕像，放在金桌上的仿真棺材等。

真正的棺材安放在底座的凹室里，是看不见的，这样做是为了避免人们睹物思人，情绪激动。然而，这正是整辆灵车最大的缺陷。它掩盖了人们想要看到的东西，掩盖了全法国竭诚渴望的东西，掩盖了人们满心期盼的东西，掩盖了所有眼眸苦苦寻觅的东西，那就是拿破仑的棺椁。"

第九章

荣军院

1840年12月9日

我们的经历变得愈发坎坷了！沿塞纳河逆流而上，固然是好，但却需要一位能干的人物从中运筹组织！被困在瑟堡整整八天之后，皇帝的灵柩今晚终于可以转移到"诺曼底"号蒸汽船上了。我们一路经过勒阿弗尔和鲁昂，可到了那里，却发现"诺曼底"号船体太大，无法从鲁昂的桥下穿过，非得换一条更小的船不可！为此，又得再次搬运灵柩。而一艘谑称"浮棺"的灵柩船很快就会赶来接应，反正人家就是这么告诉我们的……

1840年12月10日

"浮棺"成了只闻其名，不见其船的"幽灵船"！没人知道它到底出了什么事，看来，只好另想办法了。时间紧迫！巴黎荣军院的葬礼定于 12 月 15 日举行。如果我们不能及时赶到，后果将不堪设想。

1840 年 12 月 11 日

总算给我们派来一条船！"鲷鱼"号！可怜的皇帝！谁曾想，在入土为安将近二十年后，我们的皇帝会落得如今这番下场，像一箱鱼似的被人托着四处游荡！就连儒安维尔亲王也失去了一贯的好心情。昨天，他大发了一通脾气。

"这趟旅程中，每个人都表现得尽职尽责，"他感慨道，"唯有当今政府的所作所为不值一提。"

这里，我不得不补充一点，"鲷鱼"号上所配备的设施，并没有预先考虑我们这些大活人的生活之需，船上既没有床，也没有御寒的设施。

现在，白天气温徘徊在零下 10 摄氏度左右，到了夜间则会降到零下 15 摄氏度！即使亲王本人也不得不躺在桌子上将就着睡觉，其他人有的睡在长凳上，有的甚至席地而睡。

我们一行人被分别安置在另外十几艘为"鲷鱼"号护航的船只上，那全都是些小江船，毫无舒适度可言。我们还得再熬三天四夜！

1840 年 12 月 12 日

我们驶过鲁昂附近的维农，当地居民的热情迎接让我们勇气倍增。数千民众聚集在塞纳河边，当灵船驶过时，大家纷纷脱帽致敬，鞠躬行礼。老兵保持立正姿势，教堂的钟声连绵不绝。即便船开过去之后，仍能听到"皇帝万岁"的呼声。

1840 年 12 月 14 日

终于到了巴黎郊区库尔布瓦的讷伊桥，也就是我们此趟水上之旅的最后一站。从鲁昂一路走来，法国人对他们的皇帝的热情有增无减，与维农的情景如出一辙。为了避免人流冲撞，我们没有获得靠岸许可。拿破仑在民众中所享有的声望令我大吃一惊。我早料到，即使皇帝已经去世将近二十年了，法国人其实并没有忘记他。但我未曾料到，人们对他的情义竟然如此深重。曾经对他的一切指责，无论实施专制也好，发动战争也罢，似乎全都随着他的离世而烟消云散了。剩下的唯有光荣、荣誉和自豪！

1840 年 12 月 15 日，7 时

今天是我们长途旅行的最后一天，这恐怕会是令人筋疲力尽的、漫长的一天！我为父亲捏了一把汗。最近这几天的经历着实令人难以忍受，昨晚，苏尔特元帅，即新任议会议长，以及老拉斯加斯先生登上"鲷鱼"号拜谒皇帝。父亲与拉斯加斯先生打了个招呼，便匆匆告辞，他实在太累了。港口四周，亮起星星点点的火光，宛如夜空中的繁星。一而十，十而百，多得数也数不清！那是近卫队的老兵们！他们在夜幕中安营扎寨，像从前那样为皇帝值夜放哨。

8 时

葬礼必须严格按照程序进行，我只能目睹其中一部分。据说，《巴黎圣母院》的作者，大作家维克多·雨果也会出席，而且他还打算为这个特殊的日子写一篇报道。相信他

用文字所呈现的一定会远远多于我们的双眼所目睹的内容！

父亲从报纸上了解到，准备工作其实并未完全就绪。尽管如此，政府希望尽快了结这件事。我们将沿着香榭丽舍大街，行进到荣军院。游行时间预计长达三小时，行程若干千米。此刻，我们正在等待即将到达的灵车。

9时30分

灵车终于到了。哇，好一辆壮观的灵车啊！足有十米高，三十米长，五米宽！

"看上去就像一块布丁！"古尔戈将军见状不禁低声咕哝道，"似乎不太好消化！"

他这样说不是很准确。其实，灵车的模样倒更像一个分层蛋糕，好比婚礼上常见的那种金字塔形的蛋糕。灵车金光闪耀，给人留下深刻的印象。灵车的主体由四个镀金大车轮托载。第一层覆盖着绣有蜜蜂图案的紫色绉纱，"鲷鱼"号的十六名水手把皇帝的灵柩安放在上面。

"大错特错！"父亲义愤填膺，"拿破仑的棺材全暴露出来了，按道理讲，它应该隐藏在绉纱底下才是。"

灵车底层延伸出一个半圆形廊台，两个天使跪在那里，手中托举着一顶皇冠。天使周围簇拥着其他皇家标志，例如月桂枝与橄榄枝编织的花环、荣誉号角……当然，雄鹰是少不了的。四只猛禽各自把守着"金字塔"底层的四角。再往上一层立着象征拿破仑所取得的十四次辉煌胜利的十四尊美女雕像，她们雄赳赳气昂昂地托起一面巨大的桌台，桌台上象征性地安放着皇帝的仿真灵柩。这尊仿真灵柩上同样装饰着各种皇家标志，最上面是一个天鹅绒垫子，垫子上放着皇冠、权杖和正义之手，像是婚礼蛋糕上的小新郎和小新娘。

据说整辆灵车足有两头非洲大象那么重，我对此深信不疑！驾驶灵车的十六匹骏马分成四行，每行四匹。每匹马从头到脚披挂着锦缎马衣，只露出眼睛和鼻孔，马头和马鬃上都插着洁白的羽毛。

10 时 30 分

讷伊兵站炮声齐鸣，宣布我们可以出发了。荣军院的炮声随即响起，以示回应。巴黎城全体宪兵、消防员和军人走在最前面，为灵车开道，场面蔚为壮观。我与从圣赫勒拿岛归来的其他人一道坐在一辆四匹马拉的马车上，走在灵车稍前一点的位置。父亲并未与我们在一起，他与另外三人共同负责扯着皇家灵幡的四角。在灵车和我们之间，是一队士官生，他们手执悬挂着旗帜的长矛，矛杆顶上是一只收拢翅膀的雄鹰。

"您可以数数看！"坐在我身旁的古尔戈将军说道，"一共是二十七只。"

代表法国本土的二十六个省，外加阿尔及利亚（当时，阿尔及利亚被法国人视为"法国本土"）。

儒安维尔亲王紧跟其后，气宇轩昂地引领灵车前行。他身穿军舰指挥官的华丽制服，佩戴着由拿破仑亲自设立的荣誉军团勋章。即使在这样的场合，亲王仍要不失时机地搞怪！看啊，他居然留起了大胡子！尽管这样做有违军规，但我敢肯定，因在"鲷鱼"号上所受的不公待遇，他要用这种方式宣泄他的不满。大家对此未置一词，就连古尔戈也默认了，要知道他可是个对规定一丝不苟的家伙。或许是因为儒安维尔亲王端坐在马背上的整体庄严形象淡化了那微不足道的离经叛道的做法吧。原"美人"号上的四百五十名船员分别护卫在灵车两侧。他们身穿海军制服：蓝裤子、蓝上衣、白马甲、红腰带、圆帽子，英姿飒爽。从我们出发时起，太阳就玩起了捉迷藏，不过雪倒是已经停了。

11时

此刻，我们在星形广场的凯旋门前停了下来。古尔戈将军万分激动地喊道：

"穿过凯旋门，您就算到家啦！"

我明白他的心思。奥斯特里兹战役胜利后，皇帝下令修建这座纪念碑，以此纪念法国人取得的辉煌胜利。遗憾的是，拿破仑未能亲眼看到它竣工。直到四年前，凯旋门才终于落成。凯旋！今天，拿破仑做到了！我们所到之处，随处可见成千上万法国民众向皇帝致敬，他们或脱帽，或画十字，或双膝跪地。有人嘤嘤啜泣，有人试图挤到前面，亲吻皇家灵幡，却被维持秩序的人毫不留情地推了回去，但没有什么能阻止人们的大声高呼"皇帝万岁！皇帝万岁！"尽管炮声隆隆，军乐喧天，我们仍能听到民众的高呼声。

13 时

荣军院终于到了！突然间，太阳在我们头顶放射出万丈光芒！整个殡仪队的镀金饰物顿时金光四射。我们在正门前停下脚步。

大路两侧分别排列着两排巨大的雕像，酷似威武的迎宾员。

"原来是石膏的，不是大理石的啊。"古尔戈将军喃喃抱怨，他一句话扫了我们大家的兴。

"阿尔蒂尔，您父亲在哪？"

说话的是儒安维尔亲王。他一副气呼呼的模样，竟然忘了父亲就在灵车旁边！于是，我把他带到父亲面前。

"贝特朗将军！他们刚刚告诉我说，等会儿到了教堂里，当我父王走到我面前时，我要发表一段讲话。可是他们却忘了把讲稿给我，我该说点儿什么呢？"

这一问不禁把父亲问愣了，他略微思索了片刻。

"您就说，'陛下，我将拿破仑皇帝的遗体呈献给您。'"

"就这些？"儒安维尔亲王问道。

父亲点了点头。

"多谢将军。"

儒安维尔亲王一路小跑返回队列。水手们正等着他呢，他们要一起把拿破仑的棺材从灵车上抬下来。水手们紧随亲王身后，只见亲王手握军刀，迈着庄重的步伐走进教堂。

15时30分

终于结束啦！弥撒也做完了！亲王圆满地完成了任务。当他父王，也就是路易－菲利普国王来到棺材前时，亲王深鞠一躬，说道：

"陛下，我将拿破仑皇帝的遗体呈献给您。"

"我代表法兰西收下他。"国王答道。

随后，一国之君将拿破仑的宝剑递给父亲。

"贝特朗将军，我命您将皇帝的荣耀之剑安放在他的棺材上。"

父亲激动得浑身颤抖，奉命执行了这一光荣使命。

"古尔戈将军，请将皇帝的帽子放在棺材上。"

随后，葬礼开始了。聚集在教堂里的部长、议员们，以及拿破仑昔日的随从们的态度不禁令我大跌眼镜。丢脸啊！他们活像一群坐在学校板凳上的顽童，有人甚至连帽子都没有摘下来。父亲为此深感难过，但他却退一步说：

"最重要的是法兰西人民，他们表现得多么有礼有节！"

当我们走出教堂时，一小部分不满被拒之门外的民众不愿离开。尽管如此，任何人都没能进入教堂。那必须得等到明天才行。

"我告诉你们，皇帝根本就不在棺材里，躺在那里面的是个滥竽充数的家伙。"不知哪个家伙言之凿凿地说。

"拿破仑狡猾得很，怎么可能落到英国人的手里呢？说不定这会儿他正看着咱们，偷着乐呢！"

"您可真能胡说八道！如果拿破仑还活着，他早就告诉咱们啦！准是'龙虾兵'把他埋在伦敦了。"

"他们讨厌他还来不及呢！怎么可能把他厚葬在伦敦呢？"

其他人纷纷表示赞同。我向父亲投去询问的目光。

“他们想把棺材藏起来，”父亲对我说，“他们将会为此付出代价。”

没错，没戴马刺的拿破仑的秘密还会死灰复燃，但那却是另一个故事了……

© Deagostini/Leemage

荣军院

　　荣军院建于 1670 年路易十四统治时期，用于接待、治疗受伤的法国士兵。到了帝国时期，这里变成了一个举行庆典仪式的场所，众所周知，拿破仑一世皇帝非常重视士兵抚恤问题。1804 年，第一届荣誉勋位勋章颁授仪式在荣军院举行。1840 年，荣军院被指定用于安放拿破仑的遗体。在位于荣军院金顶下方的皇帝墓竣工之前，皇帝的遗骸暂时存放在荣军院教堂圣－热罗姆教堂内。

最后一次转移

1861 年，拿破仑的遗骸被最终移放在荣军院金顶下，在一口红色石英棺材内，棺材下面是绿色花岗岩底座，四周的镶嵌画描绘出帝国时期的主要战争场景。陵墓入口上方的门楣上镌刻着从皇帝遗嘱中引用的话语："我希望自己的遗骨能够在塞纳河畔，在我挚爱的法兰西人民中得到安息。"

Le mystère Napoléon © Bayard Editions, France, 2016

Author：Sophie Lamoureux

Illustrator：Anne-Lise Nalin

Simplified Chinese edition arranged through Dakai Agency

Simplified Chinese Translation Copyright © 2024 by Beijing Red Dot

Wisdom Culture Developing Limited Co., Ltd

著作权登记号　图字：01-2024-1185

图书在版编目（CIP）数据

拿破仑之死 /（法）苏菲·拉穆罗著；（法）安娜－丽兹·纳林绘；董莹译. — 北京：北京科学技术出版社，2024.5

（历史之谜少年科学推理小说）

ISBN 978-7-5714-3497-7

Ⅰ.①拿… Ⅱ.①苏… ②安… ③董… Ⅲ.①儿童小说－中篇小说－法国－现代 Ⅳ.① I565.84

中国国家版本馆 CIP 数据核字（2024）第 007522 号

特约策划：红点智慧	电　　话：0086-10-66135495（总编室）
策划编辑：黄　莺	0086-10-66113227（发行部）
责任编辑：郑宇芳	网　　址：www.bkydw.cn
营销编辑：赵倩倩	印　　刷：保定市中画美凯印刷有限公司
责任印制：吕　越	开　　本：889 mm×1194 mm　1/32
出 版 人：曾庆宇	字　　数：62 千字
出版发行：北京科学技术出版社	印　　张：3.5
社　　址：北京西直门南大街 16 号	版　　次：2024 年 5 月第 1 版
邮政编码：100035	印　　次：2024 年 5 月第 1 次印刷

ISBN 978-7-5714-3497-7

定　　价：25.00 元